希望の破片《カケラ》

30ans ストーリーズ

大村早苗
Sanae Omura

短歌研究社

目　次

カバーデザイン　(有)ワーブル　白川保男
カバーイラスト　須永　徹
カット　こんどうりえこ

希望の破片《カケラ》

～30ans　ストーリーズ～

プロフィール

第1章　めぐみ（38歳）

心から愛する男性と数年にわたり不倫関係にある女性。

第2章　里矢子（36歳）

10年にわたる結婚生活にピリオドをうった女性。

第3章　礼奈（32歳）

ずっと友人だった後輩の男性が気になりだした女性。

第4章　さやか（30歳）

30歳になる直前に、小さい頃からの夢だった結婚をした女性。

第5章　久美子（34歳）

婚約者を突然の交通事故で亡くしてしまった女性。

第6章　啓子（33歳）

総合職として入社し、一生懸命に仕事をしてきた女性。

第1章　めぐみ（38歳）

――火の記憶――

心から愛する男性と数年にわたり不倫関係にある女性。

銀色の雨に溶けてく十月に火を抱く男《ひと》の涙に
逢いて

思いきり抱きしめられた瞬間の悲鳴にちかい
背骨のきしみ

耐えがたき乾きを癒す魂の水は私の身の内にある

身にまとうすべてのものを脱ぎ捨てて真紅の
バラの波に漂う

7

細胞のひとつひとつに染みこんだ遠い遠い海
のきらめき

夜更かしの苦手な人が無防備に見せる背中の
古い傷跡

握りしめた指の力が緩むとき舞い降りてくる
眠りの天使

午前二時のベッドきしめば生ぬるい空気におよぐ愛らしきもの

夜に朝にささやく声は右肩を貫き左の足へと
走る

女という事実に浸る早朝のメイクは少し色を
控えて

逢わぬ日もハートのリングに見張られて私は
いつも囚人となる

週に二度、現れ消える人のためいつもキレイ
に整える部屋

パステルのレースの下着に混ざりこむ黒とグ
レイの綿《めん》の感触

洗いたての香りあふれるTシャツにそっと触
れれば彼のぬくもり

ＣＭの電話のコールに飛び起きて眠ったままの携帯電話《ケイタイ》つかむ

次々と積み重ねてゆく錯覚は嵐の前の海の静けさ

携帯電話《ケイタイ》のボタン押す手が痛みだす夜更けの
メールに得るカタルシス

苦い水あふれる泉を抱いたまま目覚めた朝に
香るプワゾン

回数を重ねるほどに軽くなる罪の意識をなげく十字架

だんだんと毒がうすれてゆくみたい　ミュールのかかとがはじく水滴

千回のくちづけ交わす夜よりも明るいテラス
で食べるブランチ

新品のヒールのかかとにギザギザの傷跡ひと
つ……ああ、こんな恋

つながりを絶てぬオトコの胸でみる地球の裏
の大惨事など

思い出の記憶違いを指摘されふと気にかかる
指輪のありか

溢れても溢れてもなお満たされぬ泉のなかに
怪物が棲む

いつもいつもうつむき加減のアネモネの激し
い色と弱さを嫌う

誰からも賞賛されぬ関係は涙でとかすコンクリートの壁

昨日より明日が見たいと思うから家族と離れてはじめた暮らし

無視できぬ夢をみた朝　汗ばんだ身体をつつ
むシーツの乱れ

休日の子供がはしゃぐスーパーのお菓子売り
場でおつまみを買う

木漏れ日の揺れるベンチで読む本は「家庭画
報」だったかもしれず

うっすらと肌に積もった退屈を飼いならす午
後のカモミールティー

ひたひたとアスファルトぬらす霧雨が無言の
ままに私を責める

ガス切れのアロマポットを抱きながらパジャ
マをぬらす冷たい涙

何もかも捨てたい夜のハイウェー花火は遠い
空を彩る

慎重に距離を保ったふたりにも雪崩《なだ》るるごと
く訪れる春

甘口のワインを口にふくみつつ戯れにきく決
意のほどなど

真剣に未来を語る口元の小さなホクロにほこ
ろびを見る

乗り越えるタイムラインはあいまいで過去の
迷路をさまようアリス

ずっとずっと注ぎ続ける陽のひかり信じるほ
どに若くはなくて

絶望の淵からのぞく深海にちいさな灯り浮か
んでは消え

どうしても切れない絆を知っている　分身の
いる女の強さ

ひとり対ひとりではない戦いの土俵にのぼる
勇気はもてず

疲れきって眠る背中をそっと抱く手は十六夜《いざよい》
月のさびしさ

私なりの孤独の定義「ロンリー」は×「ソリテュード」なら○

新しい一歩を踏み出す瞬間に狂っていない保証はどこに？

じっとじっと見つめる先に虹がある喜怒哀楽
のすべてを並べて

あふれくる涙でかすむキャンバスに未来予想
図ついに描けず

思いきり抱きしめられた愛しさに反比例する
セリフを吐いて

さよならを促すベルに手をひかれホームに残
る君を見ている

次々と後ろへ逃げるモノクロの空気をつかむ
青白い腕

もう何も映したくない目の前を笑顔のふたり
何度もよぎる

残り香の漂う部屋を見わたせばわずかに残る
淡き人影

なつかしい歌のメロディー口ずさむ　記憶も
歌詞とともに風化せよ

電球の切れた夜中のバスルーム泡に抱かれて
子宮に返る

ざわめきし遥かかなたの火の記憶消せないま
まに闇は深まる

第2章　里矢子　(36歳)

——シングル・アゲイン——

10年にわたる結婚生活にピリオドをうった女性。

ペン立てに耳掻きをさす習慣を今も守ってひ
とりの暮らし

君の名が消えたポストに新聞と激瘦せしてい
く郵便の束

このままの姓を名乗ると決めたのは十年の月
日生きてきた証

午後八時・十時・十二時・二時だって明かり
の消えた家へと帰る

リビングの左の隅の指定席　空いた場所には
クッションふたつ

何もかも自由な日々に気にかかる淡い光で誘
うクモの巣

戻るべき場所があったという事実　日増しに
褪せる陽射しの記憶

違う場所・違う立場でゼロからの生を重ねる
決意の甘さ

雨あがり少しかすんだ街の影　計算できぬ時
のうつろい

夕暮れのショップをひとりまたひとり去る靴
音の小さな軋み

広すぎる部屋に次々増えてゆく癒しグッズの
香りが満ちて

洋服も靴もバッグも買い足してそれでも続く
透明な森

ひとりきりの食事に多大な手間をかけ見えない口に運ぶ週末

やり場なき不安な気持ちを解き放つワインは赤白二本そろえて

絡み合うふたつの時空を引き離す強さの裏で
くすぶる炎

隣り合うベッドの間に落ちていた片方だけの
白いソックス

眠る人のいないベッドは荒れもせず広く冷たい幻想の海

湧きあがる苦い叫びのいびつさにシンクロしている水槽の泡

怖い夢見ては目覚める明け方の指はさまよう
置き場所もなく

闇の中でうずく身体の奥底に得体の知れぬ病
巣がある

壊れてゆくふたりを見てた信楽《しがらき》のたぬきの目
にも月の満ち欠け

ふたりにて築いた家を買いにきた若い夫婦に
子供がひとり

「こんにちは」目線を下げて微笑めば急に目
につく床の傷など

水槽のグッピーに見入る幼な子がこれから作
る成長記録

厳しさも甘さもすべて飲み込んで消化不良の
子供にもどる

注がれた愛の大きさ測りかね四角いリングで
溺れた魚

見慣れていた笑顔がなぜか眩しくて元は夫と
いう特殊な存在

自分から選択できた人生の半分共に生きてき
た人

寝顔見て涙ながした早朝の旅立ちからは半年
が過ぎ

右手だけポケットに突っこみ立つ君のポーズ
は今もあの頃のまま

再会の最初の言葉は月並みに「少し痩せたね、ちゃんと寝てるの？」

優しくて切れ長の目が好きだった落ちた涙の数も知らずに

十年の時を一気に遡る聖なる夜のスターダストマジック

この家を出る時までとリビングに飾ったままのウェディングフォト

フルコース自分で作る楽しさに気づかなかっ
た日々を思えば

「お皿なら僕が洗う」と言いだされ最初で最
後のキッチン譲る

「気をつけて」そんな言葉を噛みしめる　彼
が暮らすのは母親の家

今もなお隣で笑っているような錯覚おこす深
夜番組

やわらかなぬくもり残るオレンジのソファー
でひとりグラッパを飲む

ひとりきりの眠れぬ夜を抱いたまま三《み》十《そ》一《ひと》文《も》
字《じ》とたわむれている

沈黙の螺旋階段下りてゆく　意思をもつのは
わずか足のみ

カウントダウンにボルテージあがる会場と対
極にある暗い寝室

少しだけ背伸びがしたい　ひとりきり　枕を
抱いて時間をまたぐ

新年を迎えた時にすべてから解き放たれる
……わけはなかった

いるいらない・捨てる捨てない　悩んでもい
よいよ近づく引越しの時

半円の夢と小さな花籠とアルバム五冊をダン
ボールに詰め

空っぽの家に最後に残された何て何てちっぽ
けな私

どこまでも青く澄みきる午後二時の空にひと
粒放てスパイス

携帯電話《ケイタイ》の電源オフにしたままで明日はうん
と遠くへ行こう

第3章　礼　奈（32歳）

——彼のモンブラン——

ずっと友人だった後輩の男性が気になりだした女性。

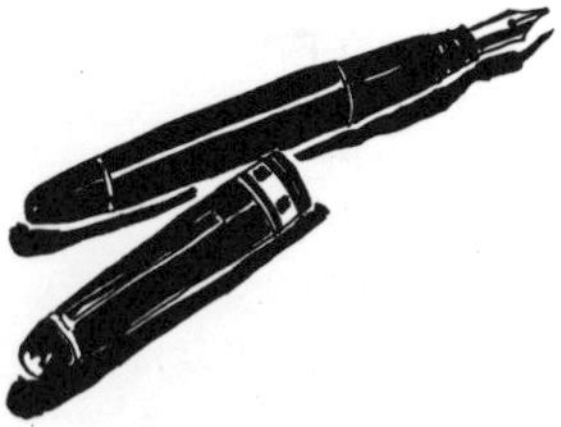

ステディーと呼べる相手がすぐそばにいたか
らずっと友達のまま

今はもうフリーになったという事実　聞かれ
ないから言わないでいる

裏方の仕事は全部ひきうけて黙ってくれる陽
のあたる場所

何もかも先回りして準備されどうしてこんな
に悔しいのだろう

「この店のカレーはビーフに限るんだ」週に
一度は付き合わされる

また同じ店と知りつついつからか楽しみにな
る木曜ランチ

食べずにはいられなくなるビーフカレー　どんなスパイス溶け出している

「あと五年一人だったらもらってあげる」「けっこうですよ」スプーンが揺れた

物書きは文房具にも凝るべきだ！　数万円の
ペンばかり見る

モンブランの万年筆を握り締め　もち手のな
じみチェックする君

黒に金↓黒にプラチナ↓細工つき　アップ額
だけライトに映える

すぐ隣に立っているのに見えてない　私はど
うやら透明人間

もっともっと気軽に選ぶと思ってた真剣すぎ
る君の横顔

背伸びして目線の高さ合わせればモンブラ
ン・モンブラン・モン・・・

カタチから入るところが良いのだと名入れに
ひと月かかるペン買う

思いきり勢いつけて飛び込んだ世界が〝書〟
とは　？？？《ハテナ》飛び交う

新品のペンで何度もサインする君の鼓動の海
に溺れる

誰からも愛されたくて微笑んで身近な視線は
気づかぬふりで

彼の目にちらっと陰のよぎる夜なぜか感じる
後ろめたさを

ただじっと見つめる瞳はどこまでも深く静か
な湖の底

飛び込めぬ理由を今日も秘めたまま笑顔の仮
面は剥がさずにいる

永すぎた友達とみる今晩の月は微妙に右に
傾く

新しい波乱の予感に怯えてる　人想うときは
微熱のままで

さりげなく過去を語ればさりげなく未来を告
げる　大人な後輩

繚乱の色と香りに癒される旅に出ようよアク
アライン越え

早朝の下りラインはがら空きでどんどん太る
太陽を見る

見渡せばぐるり３６０度　海のきらめき・胸
のときめき

ふり返り見る海ほたる影を曳き美しすぎる背
骨のライン

海を越えフラワーラインに飛び出せば時の流
れは太陽まかせ

ＢＧＭは少し大きなボリュームで　心地よい
風・潮かおる風

花時計の針がずいーんと動くとき色とりどり
のパンジー騒ぐ

チューリップはピンクも赤もオレンジも一点
だけに視線を注ぐ

太陽に愛されたくて競いあう花も草木も男も
女も

美しい嘘で騙してくれるならバンジージャン
プにＴＲＹ！　ＴＲＹ！　ＴＲＹ！

パパの背で疲れて眠る幼子をすっぽり包むま
あるい夕焼け

波音が空気に溶ける砂浜を素足で走れば熟れ
てゆく月

やわらかい光あふれる高台の〝南欧旅籠《はたご》〟という名のペンション

キャンドルの炎をあびて吹きあげるシャンパングラスの腰のゆらめき

洗いたての髪にライトが反射してまぶしい笑
顔　明日も晴れかな

ぴったりと手に収まったモンブランで苗字の
違う名を書いてみる

君の胸に頰を重ねてみる夢に十二番目の天使
がいるかも

第4章　さやか　(30歳)

——私の居場所——

30歳になる直前に、小さい頃からの夢だった
結婚をした女性。

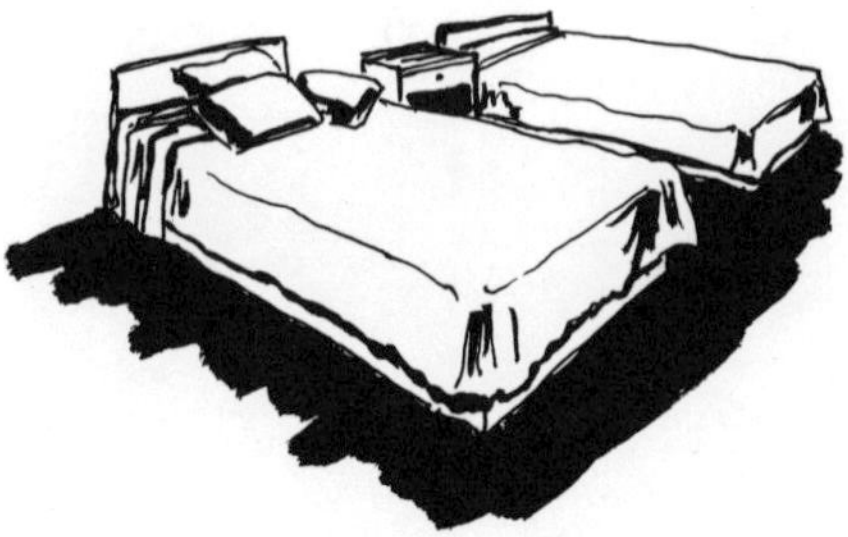

ふたりでは食べきれないと知りながら色とり
どりの料理を作る

今日もまた残業というメールあり　待ちぼう
けには慣れてしまった

結局は待たずに食べる食事なら揚げ物なんて
やめればよかった

いつまでを新婚なんて呼ぶのだろう　三月《みつき》？
半年？　それとも一年？

疲れきって戻るあなたと待ちわびた私の視線
　アンクロスだね

言いたいことたくさんあるの　本当に大変な
のはあなたとしても

今日もまたないものねだりを繰り返す微熱の
ような気だるさの中

愛を語る日々は遠くに行き過ぎてレースのシ
ャツに透けるヒマワリ

出会いからのふたりの歴史をもの語るコルク
ボードの写真はあまた

キレイだな　小さい時から夢だったマーメイ
ドラインのウェディングドレス

エーゲ海のクルーズ船から見た海はどこまで
も青くどこまでも澄み

人生の最大目標をクリアしてぽっかり空いた
ハートの痛み

ＣＤから溢れるメロディーなつかしく出会っ
た頃のあなたが見える

あこがれの結婚で得た安定と同じ重さの寂し
さがある

ワガママを言う意味もない　怒り方も忘れて
しまった夫の背中

花柄のネイルアートに不似合いなダンベルふ
たつ握り締めれば

噴きだした汗をぬぐったTシャツの肩先でゆ
がむピンクのルージュ

口紅は落ちにくいのに……何のためお化粧な
んてしてるの、私

ありすぎる時間を消すため午後四時は再放送
のドラマをつける

目の前で踊るボタンをクリックしただ飛び歩
くネットサーフィン

この世には存在しない人となりチャットで遊
ぶ危険を冒す

妻たちの迷宮に咲く花なのかローラ・アシュ
レイのホームファブリック

読みきらぬままに眠りし小説に閉じ込められ
た水滴のあと

つきあげる５Ｗ１Ｈ呑みこんで夜のブランコ
白く輝く

ひとり寝の暗闇の中さまよいて私が描く孤独
の模様

サイドボード一台はさみ並んでるシングルベ
ッドの距離の永遠

会うたびに「子供はまだ？」と聞く義母にで
きない理由《わけ》は言えるはずなく

役割の意味をなくせば戻れるの？　ただの男
とただの女に

確かめる手段《すべ》をもたずに放置して結婚祝いの
サボテン枯らす

久しぶりのＯＬ時代の同僚が放ち続けるまぶ
しき飛沫

にぎやかに夜の深まる旅先の大勢の中の孤独
のゆくえ

飾り気なく「なんとかなるよ」が口癖の友の
寝顔のやわらかき色

メール打つ浴衣姿の友の背にふいに溢れるお
んなの香り

熱く熱く彼への想い語る友　ぬるいビールに
浮かんだほこり

語るほどの夢などなくてコダマする「わたし
はだあれ、わたしはだあれ」

むなしさが通過儀礼のひとつならもう極めて
る専業主婦道

「anan」の占い特集　信じない・・とい
う小さな嘘の裏にある意味

勝ち組も負け組もない　選ばなかった道はい
つでも美しいから

さまざまな歪みや誤差やズレがあり崩壊しそ
うなMYアルカディア

第5章　久美子　(34歳)

――風の裏側――

婚約者を突然の交通事故で亡くしてしまった女性。

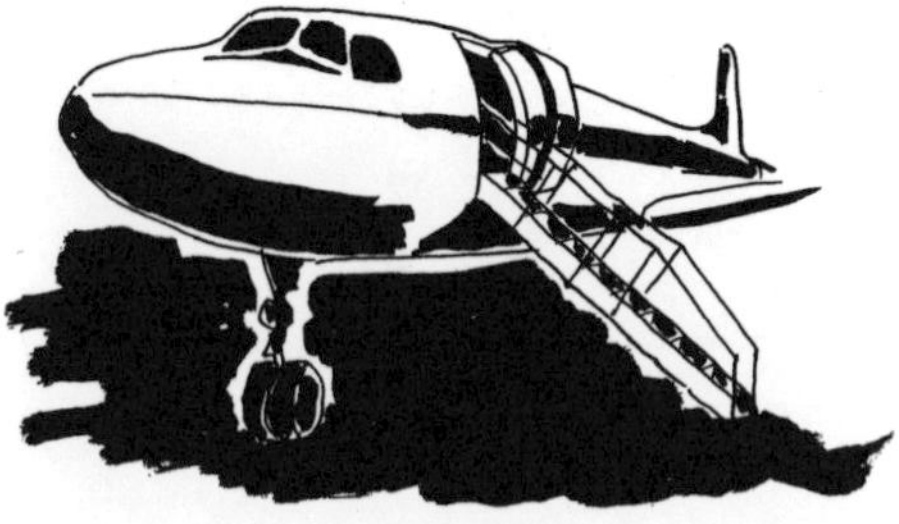

ふたり分の闇を抱えて発つ夕べタラップの灯
に希望は見えず

色ちがいのトラベルセットをぐぐっと抱き
しめる時あふれる涙

滑走路を流れるネオンの頼りなさ　写真は確
かスーツケースに

寝つかれぬ身体を縛る透明なロープが吐きだ
す呪いの言葉

この旅の友となるべく選ばれた『指輪物語』
九冊の重み

七日という期限でどこまでたどれるかハッピ
ーエンドまでの道のり

どこでどんな話を誰としていたか報告が義務
のつながれた日々

飽きもせず何度も何度も思い出す「愛して
る」で済むケンカの終わり

泡のような嘘の連鎖にふんわりと包まれて飛
ぶうたかたの夜

蜘蛛の巣と知りつつ挑むひとり旅の意志が早
くも振れるフライト

大陸をまたぐ矢印一本で昨日に戻るルールの
不思議

灼熱のアフリカ近き西欧のふたつの島に横た
わる風

金色の光の霧に閉ざされた〝楽園〟という名
の小さな港

この海をあなたが見たいと言ったからドイツ
もスイスも諦めたのに

満ち引きを一瞬止めた波のような『冷静と情
熱のあいだ』にあるもの

真っ白なテーブルクロスに広がったミネスト
ローネの赤の混沌

アボカドを握りつぶしてぬめる手に南国の水
が垂直に落ち

ポジティブな思考をうながす太陽が涙にくれ
る夕まぐれ時

いつもいつも死はどこかしら他人事《ひとごと》でたとえ
ば電池の切れた目覚まし

もう二度と失いたくない　こんなにも死は近
くに横たわっていた

この旅で脱ぐはずだった幾重にもまとい続け
たやわらかき鬱

ずっとずっと虚構の世界で生き続け歪められ
ても生きてて　あなた

もう一度逢ってサヨナラ言えたなら　想像の
中で体温は増す

ボール蹴るTシャツ姿の少年にぴたり重なる
出会いの瞬間

足元にからむ子犬の鳴き声が空と海とに溶け
ていく午後

人のいる気配にめざめる真夜中のぬくもりに
咲くブーゲンビリア

店先のモノクロ写真の絵ハガキに行く宛ての
ないＬＯＶＥを描いて

茹だるような都会の夏を三度超え　風があふ
れるベンチにひとり

穏やかに夜が深まる楽園で取り残された想い
の出口

青い海にヨットが浮かぶ空き缶を積み上げて
いたＴＯＫＹＯの店

現世には存在しない肉体の魂のありか探し続
ける

負の側に立たされた今を見つめればどんどん
どんどん痩せゆく時間

崩れかけの砂の城壁ごっそりと持ち去る波に
ためらいはなく

空洞を抱えたままに凛として命をつなぐスト
レリチアは

バスタブを次々すべる水滴が明るい季節の終わりを告げる

遠く遠く光のループをめぐらせて誰かが告げる新しい朝

むくむくの夢を抱ける時は過ぎ　ほどほどの
現在《いま》をいくつかもてば

細胞が蘇生するとき満ちてくる淡き淡き波の
水色

どの地にも誰のもとにも少しずつやさしさ残
す風の裏側

第6章　啓　子（33歳）

――混沌の生――

総合職として入社し、一生懸命に仕事をしてきた女性。

ジェンダーは地球の裏の出来事と少し肉厚の
唇がいう

理不尽な要求さえも受け入れて悔しさに抱く
拳のきしみ

女というインビジブルな鎖にて縛られる今も
混沌の生

今日もまたイライラしている背中から音もた
てずに飛び散る濁点

首筋を寝ちがえたような違和感で仕事に向かう日曜の朝

飲み会の終わり間際に駆けこんで冷えた煮物とお寿司を食べる

流行らない〝我慢と忍耐〟続けては希望の種
を探す毎日

無理に無茶、無情に無益、虚無・皆無　私に
あふれる無数の「無」たち

モノトーンの服しか着ない同僚の新婚家庭に
あふれるＣＯＬＯＲ

「女はね、男以上に働いてそれでようやく一人前さ。」

「評価はね、男性優位と決まってる。それも知らずに就職したの？」

「頑張るね、どうしてそんなに頑張るの？僕なら絶対テキトーにしとく。」

「あなたはね、特別だもの。同じように期待
されたら困っちゃうのよ。」

「私って真面目な方よ。」そう言って今月二
度目の生休を取る

低血圧を理由に遅刻をくり返す　彼女の頬の
あざやかな艶

幸せの基準は誰が決めるもの仕事に追われる
毎日の中

多すぎる　本人だけは善意だと信じて降らせる優しさの雨

出張に追われる日々は富士山の頂黒くぬりこめ過ぎる

九時発の新幹線で大宴会シニアパワーの源は
何？

「何で、何で？　向かい合わせの席なわけ」
抗議はできずにミカンをもらう

お醤油とビールの匂いがたちこめる車内で開
くノートパソコン

大声ではしゃぐ子供の存在を忘れて語る若い
ママたち

私にも来るのか床に飛び散ったお菓子を笑顔
で見おろす時が

誘惑にかられています「すみません、あなた
のアラミス何日もちます？」

移動する勇気はもてず座席すら運次第という
皮肉な現実

時計見て溜息ついて外を見て鋼の意思をもて
るのはいつ

京都過ぎぽっつり残ったシートには甘い安堵
の空気が残る

プレゼンの資料のチェックもできぬまま無情
に響く「新大阪」の声

ずっしりと肩に食い込むパソコンと資料の束
に翻弄される

努力家で負けず嫌いで甘え下手　便利な道具
の一つになって

脆弱な基盤に植えた五本の木　やる気だけで
は生きてゆけない

努力しても叶わぬ夢を思うとき青いバラの花
あでやかに散れ

報われぬつかの間の夢　湖の底深くさす光の
角度

悲しみが浸透していく銀色の回送電車が速度
をあげる

街並にネオン減りゆく終電車ひと駅ごとに素
顔にもどる

泣いたこと悔いる八月　見上げれば四角い空
を泳ぐ三日月

すぐそこにあるはずだった遠大な夢と理想を
今も抱きつつ

男でも女でもいい、ただひとりの人間として
見てほしいだけ

南風にかすかにまじる虫の声滅びの秋へ誘う
人あり

ただいまの息を呑みこむ　玄関に新しい杖の
黒く光れば

突然の訪問に少しうろたえる　何で急に来た
りするわけ？

「痛風がひどい」と嘆く父親のシャツから伸
びる筋ばった腕

「遅いわね、ちゃんと寝てるの？　食べてるの？」母の小言は迎撃できず

テーブルに置かれた小鉢に切り干しとおからと煮豆とゴマ和えがある

「帰るわね、連絡ぐらいよこしなさい。」父
をひっぱり消えていく母

慌しくふたりが去ったリビングにわずかに残
る煙草のにおい

久しぶりにぎっしり詰まった食品をかきわけ
ビールとチーズ取り出す

どれぐらい待ったのだろう　意地っ張りは娘
にちゃんと引き継がれている

何ヶ月も置き去りのままの絵葉書をそっと撫
でれば母のぬくもり

まっ白な香典返しのバスタオル　私にもいつ
か選ぶ日が来る

忘れていた自分のなかのsomething 見つける
ために歩く明日も

宇宙《そら》を見る斜め四十五度の顔　年を重ねてみ
る夢もある

あとがき

この十数年の間に、女性が「生きていく」上での選択肢は、大きく広がったと思います。私が就職した頃はまだ、学校を卒業したら数年間ＯＬをして、その間にいい相手を見つけて、皆に祝福されながら結婚退職するのが当たり前という感じでした。もちろん、当時も男性と肩を並べて活躍している人はいましたが、それはあくまでも「別世界の人」「特別な人」で、普通のＯＬにとっての「あこがれの人」とは少し違っていたように思います。

ですから、やはり女性にとって「若さ」は大きな武器でしたし、入社後五年過ぎたら社内では見向きもされない……などとまことしやかにささやかれたりもしていました。でも、それをヒドイ話だと思ってはいたものの、どこかで認めていたのかもしれません。二十代前半の頃の私は（周囲の友人たちにしても）、よほどのことがない限りは三十歳までには結婚するものだと、何の根拠もなくただ漠然と信じていました。だから、思いつく選択肢はせいぜい結婚したら仕事をやめるか、結婚しても仕事を続けるかぐらいで、子供ができたら仕事をやめるのはごくごく自然なことと思っ

ていました。

でも、バブルがはじけた頃から、少しずつ、でも確実に世の中が変わりはじめました。それは、現実的な問題として、男性一人の働きで家族全員を養うことが、それほど簡単な話ではなくなったこともあります。でも、変化の一番の理由は「自分の人生は自分の意思で選びたい、自分の手で作りあげたい」という女性が増えたからだと思います。仕事に関して言えば、法律の後押しもあり、「女性だからダメ」という職業はなくなり、それだけでも選択肢は大きく広がりました。

また、プライベートな生活においても、三十歳を過ぎても結婚しない人が増え、今では都心に住む三十代の女性の約四割が独身だそうです。ただ、いつかは結婚しようと思っている人も多いようですから、結局のところは、結婚は三十歳までにという強迫観念みたいなものがなくなり、結婚時期の幅が広がったということで、これも選択肢が増えたことに他なりません。また、出産についても同様で、子供を産むか産まないか、いつ産む

か・何人産むかは本人の自由になりました。もちろん、親や周囲からのプレッシャーがなくなったとは言えませんが……。

若さをパワーに走り抜けてしまった二十代、先の人生の道筋がある程度固まってくるであろう四十代。その狭間にある三十代というのは、何でもできる時期でありながら、一方でとても生きにくい時期でもあると思います。女性の平均寿命が八十数歳の人生を思えば、三十代などまだまだ若いと言えるのでしょうが、胸をはって「私は若い」と言い切ってしまえるほどは若くはありません。体型の崩れや肌の衰えなども、人によっては気になるでしょう。

また、仕事においても、同期の男性より昇進が遅れたり給料が安かったり、希望する業務を担当させてもらえなかったり、育児のために就業時間が制約されたりと、さまざまな壁にぶつかります。一方で、非常にやりがいや責任のある仕事を担当していて、逆に無理をしすぎて過労で倒れたり、うつ状態に陥ってしまったりすることもあります。

このように置かれている立場は違ってはいても、不安に思ったり壁にぶつかったときに、「どうしたらいいのか」と考えるのは誰でも同じです。そして、そこにはさまざまな選択肢があるのです。問題を先送りにすることもあるでしょう。でも、先送りにしていること自体が一つの選択になっているのです。だから、結局は選択のない人生などないわけです。

そして、たとえどんなに慎重に検討したとしても、どんなに強い意志をもって選択したとしても、「自分の選んだ道は正しかったのか」という不安や、「選ばなかった道の方が良かったのではないか」という疑問は、誰もが抱いてしまうのです。そして、後悔したり、自己嫌悪に陥ったり、泣いたりしているのです。もちろん、自分の選択ではなく外的な要因により、不幸の底に突き落とされる人もいます。愛する人の死は、その最たるものでしょう。でも、そこからどう立ち直っていくのか、思い出の中でずっと生きていくのかも、やはり自分の選択なのです。

女性の三十代というのは、選択肢の多い時期なだけに、不安定で不安な

時期です。でも、所詮一〇〇%幸せな人生も一〇〇%不幸な人生も存在しないのです。誰もが多かれ少なかれ、プラスとマイナスの感情を抱えて生きています。さまざまな苦い想いや虚しさ、楽しい思い出や喜びを抱えながら歩いています。そして、これからも歩いていかなければならないのです。大きな選択や小さな選択を繰り返しながら、希望の破片をつなぎあわせながら。

この歌集には、いろいろな状況にある六人の女性が登場します。

「あなたは誰の心に自分を重ねあわせますか?」

最後になりましたが、日頃からの温かいご指導に加え、この歌集の出版に際し、ご多忙の中、帯文をはじめ多くのお力添えをいただいた来嶋靖生先生に心よりお礼を申しあげます。

二〇〇四年七月吉日

大村早苗

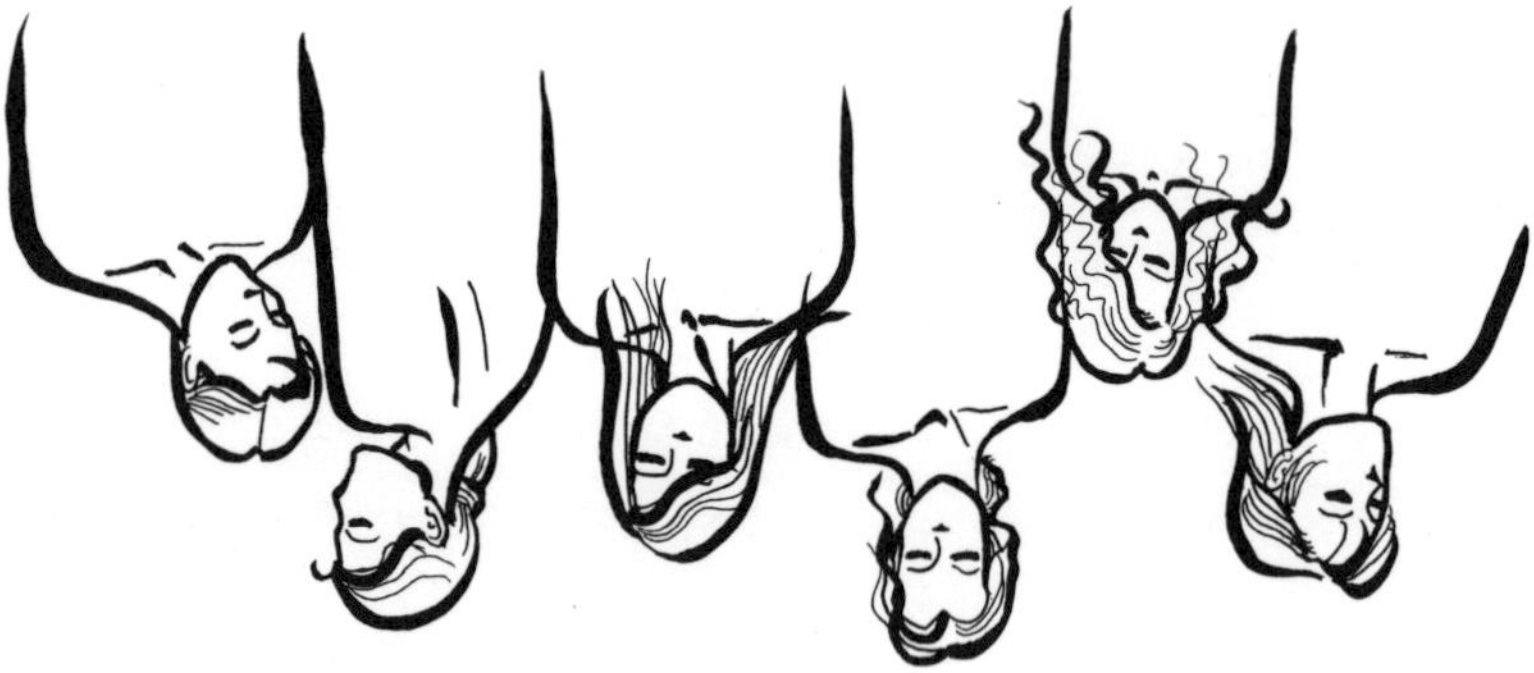

短歌研究社　出版目録

＊価格は本体価格（税別）です。

評論	現代短歌史Ⅲ　六〇年代の選択	篠　弘著	A5判	四九六頁	一一六五〇円	〒三八〇円
評論	戦後の秀歌Ⅳ・Ⅴ	上田三四二著	四六判	各巻 全巻一括	二五二四円 四八五四円	〒二九〇円 〒三八〇円
歌集	約翰傳僞書	塚本邦雄著	A5判	二〇八頁	三五二四円	〒二九〇円
歌集	敷妙	森岡貞香著	四六判	二〇八頁	三〇〇〇円	〒二九〇円
歌集	いろせ	水原紫苑著	四六判	二〇〇頁	二三八一円	〒二九〇円
歌集	エトピリカ	小島ゆかり著	四六判	二〇八頁	二三八一円	〒二九〇円
歌集	夏のうしろ	栗木京子著	四六判	一八〇頁	二五〇〇円	〒二九〇円
歌集	暁	来嶋靖生著	四六判	一九二頁	二八〇〇円	〒二九〇円
歌集	キケンの水位	奥村晃作著	A5判	一七六頁	二八〇〇円	〒二九〇円
歌集	風位	永田和宏著	A5判	一七六頁	二八〇〇円	〒二九〇円
歌集	はじめての雪	佐佐木幸綱著	四六判	二三二頁	三〇〇〇円	〒二九〇円
歌集	揺蕩	高嶋健一著	四六判	一九二頁	二八〇〇円	〒二九〇円
歌集	朝の水	春日井建著	A5判	二四八頁	三〇〇〇円	〒三四〇円
文庫本	近藤芳美歌集	近藤芳美著		一九二頁	一二〇〇円	〒二一〇円
文庫本	大西民子歌集（増補『風の曼陀羅』）	大西民子著		二一六頁	一七九六円	〒二一〇円
文庫本	岡井隆歌集	岡井隆著		二〇〇頁	一二〇〇円	〒二一〇円
文庫本	馬場あき子歌集	馬場あき子著		一七六頁	一二〇〇円	〒二一〇円
文庫本	島田修二歌集	島田修二著		一七六頁	一二〇〇円	〒二一〇円
文庫本	柴生田稔歌集	清水房雄編		一八四頁	一七四八円	〒二一〇円
文庫本	窪田章一郎歌集	窪田章一郎著		一七六頁	一七四八円	〒二一〇円
文庫本	塚本邦雄歌集	塚本邦雄著		二〇八頁	一七四八円	〒二一〇円
文庫本	上田三四二全歌集	上田三四二著		三八四頁	二七一八円	〒二一〇円
文庫本	春日井建歌集	春日井建著		一九四頁	一九〇五円	〒二一〇円
文庫本	佐佐木幸綱歌集	佐佐木幸綱著		二〇八頁	一九〇五円	〒二一〇円
文庫本	高野公彦歌集	高野公彦著		一九二頁	一九〇五円	〒二一〇円
文庫本	続馬場あき子歌集	馬場あき子著		一九二頁	一九〇五円	〒二一〇円

著者プロフィール

大村早苗（おおむらさなえ）
1965年２月13日生まれ、東京都出身
1998年より早稲田大学エクステンションセンター
にて来嶋靖生氏に師事
建設会社勤務　システムエンジニア
産業カウンセラー

第１歌集　『フォーシーズンズ』（フーコー刊）

省略　検印

平成十六年八月一日　印刷発行©

歌集　希《き》望《ぼう》の破片《カケラ》

定価　二三一〇円
（本体二二〇〇円）

著　者　大《おお》村《むら》早《さ》苗《なえ》
郵便番号一五二－〇〇二三
東京都目黒区八雲一－六－二四－一〇二

発行者　押田晶子

発行所　短歌研究社
郵便番号一一二－〇〇一三
東京都文京区音羽一－一七－一四　音羽YKビル
電話〇三（三九四四）四八二二・四八三三
振替〇〇一九〇－九－二四三七五番

印刷者　豊国印刷
製本者　牧製本

落丁本・乱丁本はお取替えいたします。
ISBN 4-88551-853-9 C0092 ¥2200E